# LETTRE

A

## M. LE BARON DE SCHONEN,

PROCUREUR-GÉNÉRAL A LA COUR DES COMPTES,
L'UN DES INTENDANS DE LA LISTE CIVILE,
DÉPUTÉ, ETC., ETC.,

## CONTRE LE DIVORCE.

PAR FOURNIER-VERNEUIL.

PARIS.

DELAUNAY, LIBRAIRE, PALAIS-ROYAL,
PÉRISTYLE VALOIS.

1831.

# LETTRE

A

## M. LE BARON DE SCHONEN,

PROCUREUR-GÉNÉRAL A LA COUR DES COMPTES,
L'UN DES INTENDANS DE LA LISTE CIVILE,
DÉPUTÉ, ETC., ETC.,

## CONTRE LE DIVORCE.

Par FOURNIER-VERNEUIL.

**PARIS.**

DELAUNAY, LIBRAIRE, PALAIS-ROYAL,
PÉRISTYLE VALOIS.

**1831.**

# LETTRE

## A M. LE BARON DE SCHONEN

## CONTRE LE DIVORCE.

Monsieur le Baron,

En lisant votre proposition sur le rétablissement du *divorce*, je fus saisi d'un accès de colère; je sentis ma vieille bile remuer; j'allais la répandre à flots sur le jésuitisme *tricolore*, comme je la répandais jadis sur les vices des *robes courtes*. Mais la réflexion est venue : à quoi bon quelques traits de satire sur des hommes et des faits que la fatalité ou la sottise mettent pour un moment en évidence ! Il n'y a pas de surface.

Notre destinée nous entraîne; il ne dépend ni de vous ni de moi d'arrêter le cours de l'esprit humain : il faut le suivre, bon gré, malgré; mais il dépendait d'un magistrat français de respecter sa robe, son caractère, et de ne pas travestir une question toute *morale* en *lieu commun* politique.

I..

Vous vous êtes volontairement placé sur un terrain si faux, si exigu, que vous ne pouvez y manœuvrer que de *mensonges* en *mensonges.* Je n'ai pas la prétention de corriger l'esprit de parti, le libertinage et la cupidité, mais j'ai la conscience d'avoir pour moi tout ce qui en France est probe et honnête.

J'ai été quinze ans notaire à Paris, et bon notaire, j'ose le dire; depuis trente ans je regarde, j'étudie le moral de cette moderne Babylone, et je cherche encore de bonne foi dans quel but on demande une loi de divorce. C'est une des conséquences les plus nécessaires, les plus désirées, les plus logiques de la révolution de juillet, dites-vous? Mensonge : s'il en était ainsi, je rougirais d'avoir exposé ma vie dans nos glorieuses journées. Il existe, je le reconnais, un sentiment profond, populaire, qui nous pousse à effectuer la séparation complète de l'ordre civil et de l'ordre religieux; mais cette séparation, déjà très avancée, n'exige pas le rétablissement du divorce. Mettons de côté la question religieuse, j'y consens; on m'accordera, sans doute, la foi du contrat, le lien de famille, et un peu de cette morale vulgaire sans laquelle les magistrats eux-mêmes ne seraient plus que des compagnons d'Ulysse.

Les philosophes du dernier siècle ont prêché,

exalté, préconisé le divorce en lui-même; ils l'ont recommandé comme produisant les meilleurs effets; ils l'ont regardé comme bien et bon en soi.

La révolution française, qui n'était que la mise en œuvre des théories philosophiques, dut s'emparer de ce moyen de séduction! tout était juste alors : le divorce fut décrété. Osez reproduire la loi du 20 septembre 1792, et vous la verrez repoussée par le vice lui-même. Je me rappelle, quoique fort jeune alors, l'effet qu'elle produisit dans ma province du Périgord : deux divorces sollicités et obtenus par deux femmes d'émigrés. Le reste de la population de cette province n'a jamais usé du bénéfice de cette loi.

Lorsque Napoléon, encore premier consul, conçut l'admirable pensée de réviser nos lois et de les réunir en un seul corps, je faisais mon droit et je passais ma vie auprès de conseillers d'état qui racontaient devant moi jusqu'aux moindres particularités du génie qui, sous nos yeux, a le plus approché de la Providence. Je puis citer *Malleville*, *Jaubert*, *Muraire* : l'un d'eux vit encore.

*Tronchet* et *Portalis*, les deux meilleures têtes du conseil-d'état, repoussaient le divorce.

*Threillard* et *Thibeaudeau* le soutenaient,

non comme *exutoire* social, mais comme l'un des actes de la révolution que Napoléon plumait chaque jour. Ces deux patriotes défendaient le terrain pied à pied contre un conquérant qui déjà prêtait l'oreille au clergé. A cette époque, comme aujourd'hui, la défiance était grande, le soupçon errait sur presque toutes les lèvres.

Napoléon finit par se ranger du côté de Threillard par deux motifs. Il entrevoyait la nécessité de son propre divorce ; il méditait l'agrandissement de son empire sur des peuples qui ont le divorce dans leurs lois.

Napoléon est une grande autorité ; nul ne l'a plus admiré, nul n'a rendu un plus éclatant hommage à ses vertus. Je ne l'ai point traîné dans la boue après l'avoir encensé. Je n'ai pas fait du radicalisme *tout crû* et le *Livre d'or*. Ces choses-là sont si contradictoires qu'il faut les avoir vues pour y croire : et nous ne sommes pas au bout. Oh ! girouettes...

Votre loi est faible et fausse, M. le Baron, elle est repoussée par la conscience du plus grand nombre, désavouée par les mœurs de tous ; et, chose remarquable, c'est que dans les pays où le divorce est dans les lois, ceux qui en usent sont généralement méprisés.

La question n'est pas de rendre le divorce difficile ; c'est le mariage qu'il faut rendre honorable. Vous provoquez l'inconstance naturelle de l'homme par le divorce; vous brisez le seul nœud qui puisse le retenir, l'indissolubilité du lien conjugal; et vous êtes magistrat, et vous avez fait le *Livre d'or!* il y a là quelque anguille sous roche.

On se mariera donc jusqu'à telle ou telle époque, et pour un temps déterminé. Prenez vos mesures en conséquence, vous qui avez des filles à marier. J'avais cru tout bonnement que le mariage était l'union de l'homme et de la femme, pour passer inséparablement la vie ensemble: *viri et mulieris conjunctio individuam vitœ consuetudinem continens.* Et ce ne sont pas les prêtres qui ont gravé dans mon cœur ces admirables paroles.

Si l'homme, comme la brute, n'était fait que pour naître, procréer et mourir, il eût suffi que le *magistrat* d'en haut eût mis dans le cœur de la femme cet amour de sa progéniture, cet instinct merveilleux que j'ai remarqué particulièrement dans une louve. L'homme est appelé à de plus hautes destinées; son esprit est susceptible d'apercevoir et de juger; son cœur est ouvert à toutes les affections, il faut le préparer à remplir les devoirs que ces rapports divers lui imposent. Il faut cultiver son esprit, diriger son jugement, jeter dans son cœur la semence des vertus; et sans cela, comment auriez-vous fini par discerner que la livrée de *la doctrine* valait mieux que l'abnégation de *Dupont de l'Eure*. Sosie, le manant Sosie ne s'y trompe pas : pour lui, le véritable Amphytrion est l'Amphytrion où l'on dîne (1).

La fin du mariage n'est pas les plaisirs de l'homme, puisqu'il y a deux cent mille concubines à Paris. La fin du mariage n'est pas seulement la production des enfans, puisque le nombre des bâtards a décuplé depuis vingt ans en Périgord. La perpétuité du genre humain ne se compose pas des enfans produits, mais bien des enfans conservés. Allez, M. le Baron, allez, dis-je, dans une petite ville du Périgord, et regardez l'enfance sous l'œil et les soins d'une mère. Vous reviendrez ensuite à la *Bourbe*. J'ai lu, dans un cimetière de village, l'inscription suivante : *Conjugi, piæ, inclytæ, univiræ*. Il y a plus de morale dans ces quatre mots que dans toute la prose sortie péniblement de votre bouche, excepté le *Livre d'or*.

Accorder la faculté du divorce, c'est évidemment appeler les occasions de contester et de haïr; c'est affaiblir la confiance, c'est altérer l'attachement sans bornes que se doivent deux

---

(1) La question entre la Doctrine et moi n'est pas une question politique.

époux. En facilitant les moyens de détruire les engagemens qu'ils ont contractés, c'est provoquer un attentat contre l'ordre de la société. Autoriser la violation du plus saint des contrats, c'est le violer en effet : avec la perspective du divorce, deux époux ne sauraient unir étroitement leur sort et leurs intérêts. Eh ! que pourraient gagner par le divorce le libertinage et l'immoralité ? les époux vicieux ne trouvent-ils pas dans le sein même du mariage tous les avantages d'une vie indépendante et licencieuse ? et si ce lien, tout relâché qu'il est, les gêne encore, une séparation convenue leur prêtera pour couvrir leurs désordres mutuels le manteau officieux de la loi. Voulez-vous des exemples par centaines ?

Vous sentez si bien que le divorce détruit la famille et l'état, que vous l'enchaînez par tous les moyens possibles; pourquoi le rétablir (1) ? Mais le sort d'une épouse livrée aux excès et aux violences d'un époux féroce ? Ce cas est rare à Paris. Dans la classe qui sollicite le divorce, et qui peut en payer les frais, on ne bat pas les femmes.

----

(1) M. C...., célèbre à Paris, divorça dans le bon temps, et convola de suite à un second mariage. Je l'ai vu se remarier avec sa première femme, et cette épouse soigner ses propres enfans, ceux du second lit, et son mari infirme.

Mais l'adultère? Nous y voilà! L'adultère à Paris, devenant une cause de divorce : c'est risible. Depuis trente ans, je n'y ai vu que deux maris châtouilleux sur cet article, et encore par vanité, car tous les deux étaient libertins. Ne cherchez pas un remède illusoire, immoral; vous n'associez que les fortunes et les rangs; vous n'avez pour guide que l'ambition et l'intérêt, et vous demandez le divorce. On est moins effrayé des risques d'un engagement, quand on sait qu'il peut se rompre. La séparation de corps suffit à votre pourriture sociale, car elle respecte le lien, et remplit l'objet que vous vous proposez. Je pourrais citer cent vieux ménages qui, pendant trente ans, ont donné, sous mes yeux, l'exemple de tous les désordres, et qui, réunis sur leurs tisons, masquent aux yeux de leurs petits-enfans les traces de leur inconduite.

Je ne dissimule pas que dans le cas de l'adultère, une simple séparation de corps ne met pas à couvert le mari, comme le ferait le divorce, du danger d'un enfant légitime survenu pendant sa durée. Cet inconvénient est grave; mais de quel poids est une mince exception? une sur mille, devant la règle générale. Nos pères la mirent-ils jamais en balance? J'ai vu des époux, voulant rompre un lien devenu importun, convenir dans mon cabinet, sous mes yeux, de violences simulées, ou de souiller le foyer domestique de la présence d'une concubine (1). La loi que vous proposez, M. le Baron, doit-elle être la très humble suivante de semblables turpitudes? Les *doctrinaires*, dont vous suivez actuellement la bannière, veulent-ils continuer leurs importations anglaises? Verrons-nous une infâme connivence s'établir entre la femme, son séducteur et son mari, pour fournir des preuves légales de l'adultère, et parvenir à un divorce, ou lâchement vendu par le mari, ou honteusement convenu entre les passions de ces hommes sans pudeur? A ce trait je reconnais la *doctrine*; elle a raison de murer sa vie et ses passions : elle va franchir l'obstacle, ou en éteignant la croyance, ou en faisant braver la défense; il faut qu'elle rende l'homme irréligieux ou criminel; et la loi civile se chargerait de cet odieux office.

Pour juger sainement la question du divorce, il faut avoir étudié l'intérieur des familles, pris la nature sur le fait. Ouvrez la porte du divorce à l'inconstance, à la légèreté, à la cupidité, au libertinage, et nous verrons bientôt la famille en polygamie perpétuelle. Si je racontais en détail le

---

(1) *Talma*, par exemple; et chose remarquable, qui prouve le relâchement de nos mœurs, c'est que le respectable abbé *Sicard* lui prêta sa voix et sa conscience.

double divorce et le double mariage du sieur V..
et de la dame R..., je ferais frémir tous les pères de
famille. Remarquez bien, **M. le Baron**, que ce
n'est pas un sophiste qui vous parle, un homme à
théories; c'est un vieux notaire qui a prêté son mi-
nistère à l'exécution de cette loi d'immoralité.

Un doctrinaire n'est ni *chien* ni *loup*; avec
lui une porte n'est jamais ouverte ou fer-
mée. Vous dites, M. le Baron, dans votre *Exposé des motifs*: « L'origine de la loi de 1816,
» et son but, suffiraient pour en faire proposer
» l'abrogation. » Son but! Je crois comme vous
que la chambre de 1815 visait à investir le clergé
des registres de l'état civil; mais en résulte-t-il
logiquement qu'elle ait eu tort d'abolir le divorce.
Le divorce est aboli depuis quatorze ans, dites à
ceux dont vous cherchez encore à tromper la cré-
dulité, si jusqu'au jour de la chute de Charles **X**
les prêtres ont mis la main sur l'état civil; et puis,
que signifie cette assimilation de la loi du divorce
avec l'atroce loi du sacrilége? Quel rapport y a-t-il
entre une loi qui vous commande d'aimer, ou
tout au moins de supporter votre femme et vos
enfans, et une loi qui livre votre tête au bour-
reau pour un signe de croix, ou une goutte d'eau
bénite? Quant à l'origine de la loi, elle sort évidemment d'une restauration que je combattais
de toutes mes forces, tandis que vous l'appeliez

publiquement de tous vos vœux ; elle sort de la légitimité. Faut-il abolir tout ce qu'ont fait la restauration et la légitimité ? Je sais que c'était votre avis dans les sociétés secrètes, dans les conciliabules radicaux.

Non, la volonté des époux, leurs torts respectifs, leurs intérêts particuliers ne peuvent porter atteinte à l'indissolubilité du mariage. Élevée au-dessus de ces intérêts, elle en est indépendante ; fondée sur des intérêts plus grands, ils la garantissent et l'assurent. L'engagement n'est-il pas contracté au profit des enfans à naître, aussi bien qu'à celui des époux ; au profit de l'État aussi bien qu'à celui de la famille ; et puis la dissolution de tout engagement ne doit-elle pas, pour être juste, remettre ceux qui l'ont formé au même état où ils étaient alors. Dans le mariage cela se peut-il ? L'homme n'a fait aucun sacrifice ; il n'en reste plus à faire à la femme.

L'étoffe manque, a dit spirituellement M. *Thiers*. L'expression est hardie, mais elle est injuste envers la France ; de plus elle n'est pas vraie. La France ancienne, et la nouvelle surtout, a en force et en finesse quelque chose de mieux que votre étoffe, M. le Baron ; il ne doit pas en être du mariage comme des intrigues de la Cour royale. Dans le mariage on ne tente plus ce qu'on ne peut pas espérer. La pensée de passer sa vie ensemble fait sentir le besoin des égards réciproques, d'un support mutuel. On se conforme tacitement à une situation qui ne peut changer : les époux sont indulgens par intérêt pour eux-mêmes ; ils sont patiens par nécessité. L'indissolubilité du mariage donne au mari une autorité plus grande. On respecte plus le chef quand il ne peut cesser de l'être. Que deviendra la famille si vous permettez de rompre le nœud qui l'avait formée? La femme perdra ses titres, sa dignité, sa fortune ; elle cessera d'être épouse ; elle aura des *petits*, et non des *enfans;* plus de considération, plus de respect ; un peu de pitié tout au plus ; heureuse si elle échappe au mépris.

Sinécuriste, magistrat et baron, avez-vous pensé à la condition des enfans, innocentes et malheureuses victimes des fautes de leurs parens. Si je décrivais les désordres, les vices qu'engendre cette seule cause, vos anciens collègues m'administreraient six nouveaux mois de prison.

Prenez garde, M. le Baron, que je ne traite pas cette question en magistrat *athée* qui se glorifie de son *athéisme ;* en patriote flexible, qui, après avoir fait, pendant quinze ans, du radicalisme tout pur, émigre dans la doctrine, et amasse en un an plus de places, de cordons, de faveurs, que les *Beugnot,* les *Vaublanc,* de si rampante mémoire, en amassèrent en quinze années. Je la

traite en mari, en père, en moraliste conscien-
cieux, maître de son sujet, et qui n'a pas besoin
de se repopulariser aux dépens des mœurs pu-
bliques. Non, M. le Baron, il n'est pas possi-
ble d'allier avec les mœurs la liberté de rompre
un mariage solennellement contracté, et de ne
le contracter peut-être que dans cette espérance.
Non, le bonheur ne peut exister dans la famille,
si les époux n'ont plus de motifs de se supporter
avec indulgence. Le seul espoir du divorce doit
encourager les passions vicieuses, et ne recon-
naître aucun frein. Dès lors les âmes sont mu-
tuellement refroidies ; plus de fidélité dans le mariage, plus de constance dans l'amour, plus de
confiance dans les époux ; le lien conjugal n'est
plus qu'une formalité, dont une injuste préven-
tion, un refroidissement capricieux, une haine
sans motifs légitimes, peuvent donner à chaque
instant l'idée de s'affranchir. Voulez-vous, M. le
Baron, sacrifier la vertu, proclamer la licence,
consacrer l'injustice, assassiner l'innocence, dé-
chaîner les passions, élever des autels à l'infidé-
lité ; proclamez le divorce. Voulez-vous désoler
les familles, troubler la paix domestique ; proclamez le divorce. Mais craignez que ce spectacle
ne soit d'un exemple vraiment funeste pour
ce peuple qu'on a trompé, et dont il importe
si essentiellement de régénérer les mœurs. Pro-

clamer le divorce, sous le règne d'un prince qui
offre les vertus domestiques dans toute leur pu-
reté ; vous faites un pas vers le crime ; l'abîme
que creuse le désordre et la débauche vous en-
gloutira.

Si le divorce pouvait être un remède efficace,
je l'adopterais. Je ne pense pas, plus que vous,
que chez des âmes bien placées, le repentir puisse
devenir l'asile de la faiblesse ; parce qu'il ne peut
y avoir jamais de rapprochement sincère entre
deux personnes, dont l'une fait le plus grand des
outrages, et dont l'autre a reçu le plus grand
des affronts ; celui qui oublie est un lâche, un
être avili : mais on a tant fait de lois pour la
bassesse et la lâcheté. J'ai une grande aversion
pour certains médecins politiques qui préten-
dent nous ramener à la santé et à la jeunesse
par l'usage de quelques transfusions mystérieuses,
et guérir les maux les plus invétérés, avec des
lois qui ne valent pas des amulettes.

J'ai l'honneur d'être,

Monsieur le Baron,

Votre très humble serviteur.

Paris, le 26 Août 1831.

IMPRIMERIE DE PIHAN DELAFOREST, RUE DES BONS-ENFANS, N°. 34.

IMPRIMERIE DE PIHAN DELAFOREST (MORINVAL), RUE BONS-ENFANS, N°. 34.